无果的收获
扎伊兹诗选

[斯洛文尼亚] 戴恩·扎伊兹/著

梁俪真/译

华东师范大学出版社 | 上海

华东师范大学出版社六点分社　策划

目录

燃烧的青草（1958，节选）

死去的事物............ 3

无果的收获............ 5

成为一滴雨............ 9

新的一天的铃声............ 11

被俘的狼............ 15

蝰蛇............ 19

土壤之舌（1961，节选）

灰烬凝块............ 25

哥特式的窗............ 29

死去的松树............ 53

眼睛............ 57

河流的孩子们（1962，节选）

钟点............ 63

陌生人............ 65

棕色的召唤............ 71

你将偿还一切............ 75

谁将彻夜照亮你的道路............ 77

你生命的一些片刻碎裂............ 79

蛇杀手（1968，节选）

雨............ 83

你不在............ 87

玫瑰园地（1975，节选）

 供品············ 95

 同样的············ 97

白（1984，节选）

 牛乳············ 103

 白············ 105

 山羊············ 107

 蝎子············ 111

 山············ 115

 白鼬············ 117

 行刑者············ 123

符咒（1985，节选）

火............ 127

纽约............ 129

动物们............ 131

女孩与野兽............ 133

从一棵夜树上............ 137

山的最后一侧............ 139

另一种光............ 143

牧群............ 147

我这山............ 149

向下，向下（1998，节选）

这与那............ 155

以什么样的嘴............ 157

金帽子............ 159

着火的诗............ 163

向下,向下............ 167

乌鸦............ 169

沉默............ 173

燃烧的青草

(1958,节选)

死去的事物

雨轻拍石块。

水在壁炉中站立。

雨磨损炉灶。

沙填满地窖。

葡萄藤狂野地生长。

水井崩溃。

最后的墙坍塌。

蓟在角落生长,

那里曾安放着桌子。

轻柔的夜间谈话，

父亲放在桌上的肘。

死去的父亲。

你的双肘已腐烂。

你的手是土壤。

谁将驯服葡萄藤。

谁将升起火。

谁将从炉床之下掘出

死去的年月正在腐烂的脸。

无果的收获

我认得他的颅骨,母亲说,
从它美丽的白牙齿。

美丽的白牙齿
咬入土壤。
美丽的棕色眼睛
填满土壤。
那曾经是手的
强壮的年轻的骨头,
还从未抚摸过一个女人的手,
强壮的年轻的骨头

抚摸着土壤。

满满的闪光的年轻牙齿

播入大地。

每个春天大地盛绽花朵。

残忍的坚硬的大地,

那将我们吞入的她幽暗的下颌。

老人们的死是坚硬的,

但更坚硬的是

美丽的棕色眼睛的收获。

还从未看过一个女人的裸体的眼,

从未被她低低耳语的双唇亲吻:我是你的。

(什么都未曾见过的眼)

难以置信的是美丽的棕色眼睛的

收获,

无情的大地上

无果的收获。

我认得你,兄弟,

我们的母亲认出了

你的白牙齿。

你年轻的白牙齿

曾是大地无果的收获。

成为一滴雨

成为你胸口上的一滴雨,

成为你干渴的肌肤上

一滴透亮清洁的雨,

成为焦虑不安的胸膛上

一滴躁动的雨,

成为被你的身体吸收的一滴雨。

成为你火中的引火物,

成为你火中的一束火苗,

成为你的生命之火中

一大束火苗,

燃烧，燃烧，燃尽，

成为散落在你的激情的迹象

四周的灰烬，

不再感觉，不再欲求。

只有在湮灭中才有宁静与爱，

只有在湮灭中才有无尽的忠诚。

死去的事物以不朽的宁静爱着。

噢成为你爱的

田野中的一块岩石。

新的一天的铃声

风。岩石。

寒凉。

红色天空的寒凉。

发蓝的山峰的寒凉。

封冻的苔藓中

猩红色花朵的寒凉。

深渊里的寒凉。

在那里雾转动

一只怨怒的球,

一只厌恶的球,

一只歇斯底里的笑声的球。

牧群柔和的铃声

预示着高高山脊上

清晨的到来。

群山多岩的肩膀

从黝暗的水中浮升。

冷酷。无法移动。

风撕裂,

一艘隐形的帆船。

云,在清早血染的湖中,

洗它们贪婪残酷的手。

预示着清晨。

天空被卷裹在

众熊的舞蹈中,

被黑暗的威胁卷裹。

寒凉在大地上沉淀,

第一束光被肢解,

躺在岩石上。

深渊的大釜里雾即将沸腾。

在这世上你只身一人，

如同一块岩石，孤单。

风叹息着

掠过山嶙峋的面孔。

再无物可抚慰它们了，

牧群碎落的铃声

在新的一天哗响。

被俘的狼

奔跑,奔跑,奔跑,

以天鹅绒步调

以矫健狂野的腿

如同一个静默的灰色幽灵无声地奔跑。

围绕你的牢笼奔跑,

在腐烂的木叶上。

在前方奔跑,

向后奔跑,

口鼻大张,

红色的舌头。

如同一片灰色阴影在奔跑,

一片仇恨的静默的灰色阴影,

一片轻蔑的灰色阴影

在你的牢笼中。

奔跑,奔跑,奔跑,

长嚎,长嚎,

狂野而残酷,

群狼跑向何处终得自由?

邪恶的群聚的中心,

乳汁般的月光下,

畜群般的灰色幽灵向何方漂浮?

绵羊轻柔的脖颈在哪里?

噢痛饮绵羊甜蜜的血。

噢长嚎。长嚎。

你为何长嚎,狼,

当大地被一整座山的岩石碾碎

而发出嗥叫?

你为何长嚎,狼?

为何你长嚎,

仿佛有长长的黑色荆棘

卡在你的喉咙里?

蝰蛇

于某处荒废的水滨

沙子与风谈论永生的地方。

蝰蛇在岩石下

爬行。

冰冷可惧地

它们爬上我的心脏。

我对渴求着温暖的蝰蛇说:

饮我的血罢。

因为血液的目的,

也就是一条欲望之河的目的,

如果它无法流动,

如果它被理性的大坝哽噎。

吞噬我的心,

我的心对我来说太满了。

对我来说太满了,

当它融入冰,如同

哭泣的群星融入

河流。

吞噬我的心。

在我的胸膛里

扭动你自己直至成为一团冰冷的缠绕,

这样我就再也看不见

群星如何在黑暗的湖中哭泣,

它们是如何渴念它们遗落在

蓝天鹅绒天空中的轻快步伐。

吞噬我的心。

饮我热的血。

冰冷可惧的蝰蛇。

在这片荒废的水滨，

在这沙子与风谈论永生的地方，

没有什么不被允许。

除了你的心，它必须被撕下来，

投掷进蝰蛇饥饿的嘴。

土壤之舌

(1961,节选)

灰烬凝块

很久以来你嘴里燃着火。

很久以来你将它藏在那里。

在牙齿的骨骼栅栏后,

压迫在你嘴唇神奇的白弧弯之内。

你知道没人应当嗅到

你嘴里的烟味。

你记得黑鸦群能杀死一只白鸦。

于是你锁上嘴,

藏起钥匙。

可你接着感觉到嘴里有一个词,

它在你头部的洞穴里回响。

你开始搜寻打开嘴的钥匙。

你找了很长时间。

等你找到,你从嘴唇打开地衣,

你给牙齿的锈开锁,

你找寻你的舌头,

可它不在。

你想发音,吐出一个词,

可你的嘴满是灰烬。

不是一个词,而是

灰烬的凝块从你发黑的喉咙

滚落。

于是你扔掉生满锈的钥匙,

你用那土壤做了一种新的语言,

一根吐露黏土词语的舌。

亨利·范·德·斯托克与中学美育促进协会
《俄耳甫斯为动物弹奏竖琴》

哥特式的窗

1

不要对我说话。

但你分叉的舌仍在继续。

不要看着我。

我不喜欢你的眼睛。

其他的眼在看着我,

如同破碎的哥特式的窗。

太阳使它们碎裂。

高傲的太阳。

用一千支步枪

击碎它们。

在漫长的失聪之夜

星星用纤细的双刃剑

切割它们。

巨大而静止的眼睛前

尖锐明亮的锋刃起舞,

月的脸打开了:

如同一个被照亮的洞穴,

她的嘴大张，

填满了笑声的巨石。

圣徒般的女人死去，

她们长长的半透明的脸

如同白天使

受伤的翅一般低垂。

世界的窄细发亮的眼阖上了。

在一束星之光波的刃尖

死亡冰凉轻盈。

月发出醉后的笑

跌落入空洞。

不要看着我。
其他的眼在瞪着我。
窄细。空洞。死去的。
悲哀的。

2

来吧夜晚,红宝石在你的胸上
发光,玛格达莱纳,
灰头巾下的两颗红宝石,

在天主教堂的黄昏，

在一支被掐灭的蜡烛的白烟中。

掀开你的头巾。

掀开它：祈祷文的气味之间

恶发出干燥的沙沙声。

星星会从你的头部滚落

伴随干燥的爆裂声。

星星会在闪闪发亮的水流间奔跑，

从你的一双眼到我张开的嘴。

你身体的红宝石

会落在我的大腿上。

月将舔舐你的肋腹，

用红色的欲望之舌。

掀开你的头巾，玛格达莱纳。

明天你将站立在阳光的喷洒中，

赤裸的，屈辱的，

我的。

3

天空之上白色的手。

石之上白色的脚。

高处窗内白色的圣徒。

圣徒般的女人沐浴在红光中。

一具被裹在红色绢网中的身体。

我是个大理石天使。

一个没有信念的天使。

白色的脚。

白色的手。

一具被裹在灰色帆布中的身体。

一个爱圣徒的天使。

窗内圣徒们在脱去衣服。

阳光透过他们的背部发亮。

黄的,红的,

缓慢地圣徒们脱去衣服。

他们的身体蒸腾入烟。

只留下手。

只留下脚。

蓝色天空的一个印记。

白色之石的孤单。

教堂苍老的眼中

一枚黑十字架正四分五裂。

4

你头发的月光在哪里,圣徒般的女人?

谁烧焦了你头发的表面?

你的身体在火中燃烧。

天空冷冷的眼眸下

灰烬从你的身体升起。

清晨的双手带来你

如同带来一枚成熟的水果。

风用一个眼神烧灼你。用它的嘴,

一条蛇,吮吸你。

你的身体盘曲如枯萎的葡萄藤。
你瞪着,一架腐烂的木质烛台。
你瞪着天空呻吟的光线。
并无和平的赐福。

灰烬从你的身体升起。
是无助的。

我在天空之眼下燃烧。

一片杜松子林。

燃烧的双足火热的足底

在我的身体上舞蹈,

火葬的灰烬落入我嘴中。

我渴了。

5

黑魔鬼,

长猫眼的魔鬼,

折磨着处子。

我们会用红色发烫的手术钳,

夹痛你的胸乳,

为了你所有的思绪,

为了你所有的激情,

为了你进入长夜的所有的梦。

我们会用火,如同用油膏,

抹擦你处子的肌肤

(我的天使在哪里,红色康乃馨,在

天空中,

或大地上?)。

往你的口中,

你有罪的口中,

我们会倾倒液体的火,

它将像一千个朋友的亲吻那般燃烧

(那使你呈现于晚祷的星辰的

夜晚在哪里,

我腰间冷冷的星辰?)。

我们会从月的镰刀,

用你的头发悬挂你。

我们会用长长的针,从你脑中

抽取每一缕思绪,

每一缕有罪的思绪

(我的天使在哪里,

我的魔鬼在哪里,

在群星之中,

还是在我的腹部

风的冰凉舌尖上?)。

疯了的魔鬼。

黑魔鬼折磨着处子。

田野远端,太阳用它变得粗糙的手

撒播金色麦种。

下午的网中,沉默散发微光。

6

他们用手术钳撑住他的头部。

你受诅咒的炉膛。

你孕育了你那受诅咒的子孙们的

受诅咒的床。

我们会满世界追逐你。

厌恶将引导你的步履。

在你灵魂的床上

我们会撒上一大群蝎子。

在你胸膛的地下室里

我们会悬挂起嘶嘶作响的黄蜂蜂巢。

在你的脑子里

我们会为扭动的黄鼬做巢。

你的快乐将死去，

你的眼，一座坟。

他们将他的记忆挑在柳叶刀上。

他们用一把烤肉叉转动他的心脏。

(清晨的蓝色高窗里,

三只乌鸦杀死一只鸽子。

蜘蛛编结沉默之网。

人,不见踪影。)

7

神祇纷纷坠落。

他们眼里闪耀着闪电。

地球的公转自他们手中启动。

神祇纷纷坠落。精疲力竭。

你的灵魂在永恒之火中焖烧。

你渎神的舌

被燃烧的针尖刺穿。

散发恶臭的山羊将嘲弄你。

我跑。

我口中塞满了诅咒。

我口中有一个巨大的噪音。

神祇已坠落。

神祇正在坠落。

全能的,受崇拜的。

我跑。

一个巨大的嗓音降临于我。

我口中的石

从天空驱动

坠落在我的黑暗之上。

我朝向一个舞蹈着的大虚空奔跑。

醉了。自由。

你的身体将被撕裂。

蚁群将啃啮你的骨。

你将赤身裸体,被羞辱。

一个伟大的神将看着你。

伟大而残酷。

8

我为反对我自己而斗争。

手撕扯手。

腿纠缠腿。

嗓音提高压倒嗓音。

嗓音吞咽嗓音。

一只眼朝向东。

另一只朝向西。

两只耳吞没着，

各自在它的世界的一个端点。

他只为反对他自己

而获胜。

成群结队的思绪发动攻击。

不朽。持久。

被拖入涡旋。

急冲向碎片。

他的手将会耸立。

他的手指将会耸立。

他的一千个部分将会耸立。

我们没有被战胜,他的手指将会呐喊。

我们想要战役,从他的头发中生长的

草在咆哮。

它将控制。

它将抗争。

我失去了我的嘴。

我失去了我的嗓音的屋子。

谁也没赢。

爱德华·蒙克,《窗边的女孩》

死去的松树

我们因恐惧而缩小。

我们曾是紧紧攥住泥土的根。

然后它来了。夜的焦虑不安的脸。

山的前额碾压我们

将我们埋葬于石块下。

用噪音鞭打我们。

我们的皮肤脱落了。

我们的骨被抛作一堆。

我们的根抓紧了空气。

我们的身体,被太阳猛烈地摆动,

因欲望而扭曲:

要绿色的针尖。

一顶叶茂的绿色王冠。

死亡里,我们的形象是严厉的。

它讲它的故事,多骨的,灰色的:

死亡就是打击。

死亡是身体的大旋涡,

黑暗的静水之下的一场争斗。

蒙住你的眼。

关上听力之门,

在我们的沉默之前。

埃罗·耶内费尔特,《水中的枯松》

眼睛

被遗忘的脸重又浮现。

词语重又浮现。

那些你摆脱并弃在路旁的词语

它们重又浮现。一条泥泞的河模糊的低语。

你害怕它们。

你在黑暗的墙上画她的眼睛。

宽阔如同山顶的清晨之门。

你用手指画下它们,

空洞的,含水的。

你惧怕黑夜的变节。

你听到它用猫的步调

缓慢穿过你的窗下。

我有她的眼睛,你说,

画在黑暗的墙上。

我有她的眼睛,

她的孤寂和安宁,

你烧焦的灵魂耳语着。

恐惧中你尖叫:我有爱。

公牛们奔跑着穿过你的嘴。

从被抛弃在路旁的词语的低音中

升起一只手,擦净她的眼。

你被打败了。

你的嘴被压垮了,

如同牧群过后路边的草叶。

奥迪隆·雷东,《空中幻形的回忆——奥迪隆·雷东〈献给爱伦·坡〉》

河流的孩子们

(1962,节选)

钟点

午夜的钟点多么寂寥,

当它们在静谧的夜晚的田野上

倾斜着它们黑暗的脸。

它们青铜色的喉音多么悲伤,

当它们唱起自己的歌,那半黑的

有银色涂层的嗓音多么悲伤。

它们胸部的壁橱空荡荡。

只有夜间沉郁的声响漫步其中。

它们的嘴里空荡荡。

空荡荡,饥肠辘辘,

午夜的钟点多么寂寥。

冯·赖特兄弟,《杜鹃》

陌生人

你很早以前就离开了我们,陌生人。
很长时间以来你站立在岩石重叠的山谷,
安静得如同被遗忘的雕像。
晚间,黑色的花朵从你前额的白里生长。
当蜘蛛开始将你织入布满粉尘的网,
你从你的孤寂中现身。
你摘下你前额的黑色花朵
无声地将它们放入她的双臂。

你静默无声。你因花朵而醉了。
那些花朵据信本是你思绪的

昏暗小径旁生长的白色塑像。

你长久地端详她的脸。

长久地,长久地你端详着。

你看见了什么,陌生人?

你听见你的花朵所说的吗,

当它们就那么躺在尘埃里?

你很早以前就离开了我们,陌生人。

很长时间以来你沿着狭窄的小道奔逃,

所以每个夜晚我们会看着你的黑暗阴影

在田野上点亮冷火。

杜鹃的蓝嗓音渐渐隐入一处繁茂的山毛榉
  树林。
夜晚的嘴里滴滴淌下红色落日长长的涓流。
夜晚从世界的另一侧来到。
它有一种神秘的动物的脸。
夜晚拂掠过你逃离,它白的双腿是孤寂的。
钟点碎裂,连同它们黑色的手指,
那是天空中的流星,
你是我枕上的月,
用彤红的火焰你在夜的脸上写字。

某个夜晚你点燃了你的阴影。

前额。手。腿。

你的胸膛。

现在你暖和了吗,陌生人?

你冷峻的精神最终被你身体里的火温暖了吗?

很早以前你就离开了我们,陌生人。

你上一次踏上任何一块尘世的田野,已是很久以前了。

你在田野中燃烧。

暗色的花飞溅到你的前额,

风吹散你的冷火。

当灰色的天光从东部的洞窟升起，

我们会知道雨正落到你前额冷清清的壳里。

克劳德·莫奈,《船队启程,埃特雷塔》

棕色的召唤

日子的白腿踏响无声的步履。

它们来到,它们唤醒事物。

这样事物将睁开睡眼,

这样它们将打开并寻找它们在梦中遗失的。

每个事物将寻找它的姐妹。

这样事物就可以与阳光联结。

这样将无一毁损。

一样也不会。

一样也不会遗漏。

为我打开你眼睛的湖,这样我可能能看到你的

天空，

你的白鸟，

这样我可能能听到你的双眼的棕色的召唤。

你对觉醒的召唤，

你发出的召唤，

它们的花朵在我唇上开放出回音。

我口中满是花朵甜蜜的气味。

光线比它们的火焰还要明亮。

正午更高了，白日恒长，

因为你在它的神殿中踱步。

你将香氛给予花朵,

你将白色的弧形运动倾倒入它们的手掌。

用你温暖的火你点燃词语的篝火,

到早晨你的爱之光静倚在我的头发上。

每个夜晚你用那长发覆盖我,

这样我能像在你身体里入睡一般睡去。

这样我不再存在,

这样只有你存在。

只有你会漫步在白日的蓝色神殿里。

照彻你身体的光将奔跑着穿透我的身体,我的

 骨头。

我将不再存在。

只有你存在。

因为你是我嘴中的舌。

你将偿还一切

你将偿还一切。

为你的出生你将偿还得最多。

一群嘲弄的鸟将追随你

一生。

在你宁静的时刻

和你焦虑的时刻,

它们会落到你的胸口上。

要求会被提出。

你会给予啊给予,

但救赎永不会到来。

因为无处有宽恕,

无处有对人的救赎。

你的内部没有你可以用来支付的价值。

你自己就是偿还。

谁将彻夜照亮你的道路

谁将彻夜照亮你的道路。

当你穿过沼泽地,你的双眼会转向哪一束光。

当你孤悬于虚空,你会朝谁呼唤。

当你没有枕头,何处你将安放你的头颅。

夜充满着声响,但要怎样你才能辨别出那正确的。

夜充满光,但哪一束是你的眼光。

谁将抛锚,这样夜晚的火可以进入你口中。

谁在你的道路上跟随你。

哪几颗牙齿,由于孤单和饥饿而变得乳白,泡沫般地沉入你的肉体。

当你死去时,谁将点燃闪耀的希望之光。

谁会在午夜时分的十字路口等候你。

谁会以无情的手迫使两条道路转向。

谁将切断纽带。

好一把锋利得看不见的刀。

你生命里的一些片刻碎裂

你生命里的一些片刻碎裂,

如同大理石板上的水滴。

你现在要聚拢那些碎裂的滴落吗?

砂会饮尽它。

花朵会用它湿润自己的脸。

黄蝴蝶会用双翅载着它。

谁将聚拢那破碎的滴落?

痛苦中,你苍白如蜡的手伸向蝴蝶。

距离饮尽它。

天空咽下它。

你垂下头你的头是砂,

是草地上的花，

山中的落叶松。

那从枝条滴落的破碎在岩石上。

花饮尽它们。

黄蝴蝶载着它们远去。

事情的开头和结尾在哪里？

命运之鞭追赶我们。

但谁知道，我们自己是否就是那鞭子，

就是那承受鞭子的后背，

挥动并落下鞭子的手。

蛇杀手

(1968,节选)

雨

记忆的尸体在夜间快速生长,

当雨落在它们贫瘠的坟地上。

可你的过往丝毫帮不了你。

抛弃你的船的鼠类证明,

很早以前你就开始下沉。

确切无疑,不可避免。

雨为它自身存在。它没有因为是你就要淋透你

 的思绪。

长夜里火车头穿过你奔驰,

它们向你的记忆发送信号,将它拖入

你不喜欢造访的宽阔区域。

也许你会退入睡眠,雨是你的被子。

实际上并不重要的是:

清晨你在一整座山的拒绝面前醒转,

你必须翻越它:

因为你想要见到山的另一侧毫无意义的平原,

因为你想知道是否有改变发生。

可是什么也没改变。

总是一种柔和的恒久的灰。

一个女人逃离时她脚下的路。踌躇而美丽
　如鸟,

很久以来有人尝试但始终未能成功杀死的鸟。

你知道她总是那样逃离。

在她面前,一堵灰的墙;在她后面,

你,背负着穿越你的夜晚的

火车头那空洞嗓音的谜。

落雨的夜晚不与你一道存在。

但你了解那些由夜的玻璃绳索输送的尸体。

你用它们自己的恨恨着它们。

它们甚至想夺走你的痛苦,

你用它们自己的颅骨吓退它们。

雨夜里你是安全的。

孤身躲藏在一场头脑的大雨里，

如同山的心脏里的一只蛹。

你不在

你不在风的嗓音里,不在散落的群山里。

你不在花丛中,如果鸟儿示意,它们没有招呼你。

你不在大地的赤裸中,不在青草慵懒的气息里。

如果你种下带有你的气味的玫瑰,它们闻上去是它们自己。

如果你铺路,道路会讲述它自身的故事。

如果你建一个家,如果你用宝贵的物什填满它,

某一天它会像接纳一个陌生人那样接纳你,

而那些物什将用它们自己的语言与自己交谈,
嘲弄你。

如果说清溪存在,只为熄灭你的干渴,
如果说河流存在,只为用它清凉的环抱沐
　　浴你,
这是一个谎言。
如果说事物存在,只为用宁静的记忆抚慰你,
这是一个谎言,
因为某一天你的整个世界将会反对你。

某一天，事物将改变它们的名字。

石头会恨，风会威胁，

街道会恐惧，而鸟儿会用它们的嗓音，

那灼人的钉子敲击你的前额，

河流会绝望，

你所拥有的，会成为你的罪，和你的控诉者。

世界会置身于废墟。世界将没有名字。

然而你不会在意。你将坐在某个荒废的角落里，

你将闭上眼，看见事物。最重要的是你将看

不见

你自己的迷惘,在这个迷乱和被废弃的世
　　界里。

这样你不会认为你必须做点什么,

你的双腿应该载你去向某处,

黑蜘蛛一般细长的腿。

只有你的头会变大。你的头将如木兰开出自
　　己的

花朵。你将长久地在你嘴中的白洞穴里搜索

给你自己的一个名字。

但这一回,相比为延续而找到一个名字要好

的是,

你将要为终结找到一个名字。

胡戈·辛贝格,《桑拿门前的老妇人》

玫瑰园地

(1975,节选)

供品

谁围绕他自己行走就是在围绕他自己的旋转
   行走。
谁抛掷他自己就是在清晨的房屋之间被抛掷。
谁如令人吃惊的醉汉发出低语,就是在被扭
   曲到
无休无止的思考和迷宫一般的处所,
自玻璃上被抹去的处所。
光是纯粹的,纯粹的是穿过银色表面
滑入明亮的深处的白云。
鸟儿是花是每一个人,鸟儿
群聚在一个声响的玻璃葫芦里,

他的光轮不再围绕

世界尖尖的光线波束旋转。

老人们来到,踏入一种环形,

他们高唱着从他们软化的头部挤压出的歌。

我们舔绿狼的嘴。

我们从被淘汰的硬币吮吸有毒的菌类。

同样的

它在另一个世界里,那同样的。

它是同一个世界里的另一个。那同样的。

它是同一个世界里的同样的。另一个中的另一个。

那同样的。

他跟你同样。同样的头发。

同样的手。同样的头。

同样的眼。同样的目光。同样的年纪。

他是同样的。

同样的疯狂。同样的爱。

同样的经历。同样被爱的。

思考着同样的想法。

用同样摇摆的步调跳着舞。

在薄暮的网里,在午夜的陷阱里,

在同样的位置被俘。

同样的。

同样的伤。同样的伤疤。

同样的怀疑。同样的错误。

同样的犹豫。同样的失败。

他是你他感觉着你。

当你在破裂的光里被看见,
当你置身那看见同样的事物的人群,
当你感觉你是你的同样的自我的阴影,
当他说他看见了你,
噢,好一个想法,好一个双重的无。哈。
(他含糊不清地说着同样的词。
他扭曲着同样的舌。同样的。)

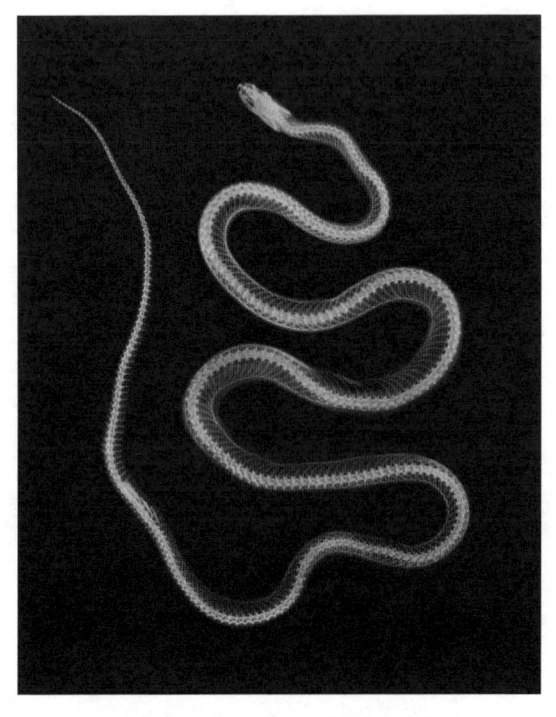

约瑟夫·玛利亚·埃德、爱德华·瓦伦塔
《蛇——选自伦琴射线摄影实验》

白

(1984,节选)

牛乳

光自裂缝倾泻

柔和的清晨的风里事物在微动

夜间活动的水的清冷涌流已干涸

静默里不再低语不再泛起涟漪

你夜晚听到的

鸟儿那终有一死的鸣叫

和彻夜在你头脑中发出微光的

已然隐退

你听到从母牛的乳房喷射的牛乳

流淌到白色地板上

你不再好奇你脑中的尖叫究竟是因为发生了
 什么
你打开门,阳光打在你脸上
光束的瀑布,牛乳般的光

毫不畏惧地你踏出去
你占据了一具听从你的身体
这就是你的身体
仿佛它永不会遗弃你
永不会背叛你

白

室外被涂绘的光

如同一堵墙矗立在我们眼前

室外听见如你所是的

感觉与尝味

当我们相遇我们的步履变得迷惘

我们的眼珠在眼窝里不停旋转

我们的思绪,满满一握干草

我们知道:道路着了魔

道路是错误的迷失的是道路

空间变明亮了一瞬
我们看见你所是的
不可见的白

很快很快我们必须离开
声音，颜色和尝味的世界
很快将只有雨滴中的雨滴
没有声音没有感觉
如同雨滴我们将落
在我们自己被剥夺的白骨之上

很快

山羊

春天里它自高处翻滚

白色噪音

向下向下滚落

自覆盖白雪的高处而来的春天的白色泡沫

白山羊来了

因为白而出神

跑入白

纯白就是这个白的世界

未被践踏的未被碰触的

没有脚印没有标记

年轻的山羊大胆地奔跑

它们只想奔跑

年轻的山羊嬉戏着奔跑

在一尘不染的斜坡上

当它们跑至最高处的白

年轻山羊们的头被卷走了

卷入被播种下去的白

卷入一片只有白能生存的白田野

夏天里高地人来了

来收集年轻的山羊们的头

如同追踪雪地上的红花一样追踪它们

从灌木丛下撕扯它们

在岩石之间摸索它们

把它们填入啊填入他们深深的褴褛的背包

让·贝尔纳,《山羊之首》

蝎子

喜欢独处

光线刺伤它们

它们以黄昏的残片为食

它们居住在满是蠕虫的塔内

它们没有家

在石头之间被挤压

在裂缝里在裂隙里

被翻滚过它们的重量

碾平

有时候它们向上向上射入沉默

向上向上射入清冷

有时候它们白的血在无声的歌唱中抖动

在孤寂的巅峰

在落雨的夜晚之下

它们爬上来,发出沉默的尖叫

一声遥远的尖叫应答自一颗遥远的心

尖叫重叠

在一片黑色天空之下的深处

在被肢解的深度里

他们突然闪烁

无声地隐退

它们与指向它们自己的心脏的螫针一起生活

埃格伯特·鲁贝图斯·德克·沙普,《岩海》

山

这是我们的眼看不见的一座山。

有时候我们瞥见一块岩石,

出自另一种和谐的雕塑。

它迅速地沉入一池水中,

从那里整个世界闪亮了孤独一瞬。

有时候我们会被从未听过的歌唱声

从睡眠中唤醒。

我们看见一只不知名的鸟

那闪烁微光的翅翼。它消失进

它自己的歌唱的大气层。

有时候我们听到一声尖叫的刺耳声音

在广袤荒芜的田野之上喃喃,

它听上去像是风在岩石间低语,

如同白丝线做的瀑布

从天空倾泻下来。

有时候在云朵间

我们瞥见深渊之上的一条道路,

它看上去像是横跨高处的书写。

我们看见它仅仅只有一瞬但我们明白:

它是道路,通向那并非山的道路。

白鼬

他安置了一处新家

在人之墙上画画

啊,绘画,绘画。

并且歌唱。

歌曲,啊,那些歌曲。

他将事物安放到他们的位置,

用一只强劲,精准的手,

他将它们安放在那里很多年。

但某一天早晨在他的花园里,他发现,

瞧那儿,他发现一只白,白,白

鼬。

如同花丛中的一道条痕。

穿窗而入,穿屋顶而出,

它在缝制一条白色细线的道路,

白色的洞刺穿了房屋。

于是他不再歌唱也不再绘画。

他没有阻止篱笆上或

易碎的墙上出现的白色的洞。

但是某一天某个春天的日子,

男人跨过艰难的三步去问白鼬。

去问它长久以来他一直知道的事情。

在同一瞬间,他面朝上躺下,

他躺下,望着天空。

出入于他的嘴,

鼬急速地奔忙。

很快它就整理好了。

从他的灵魂里搬运出

色彩,声音,味道,
他歌中的思想。

啊哈,细看一只眼。
啊哈,细看另一只眼。

白鼬消失进了白它
消失了。

可家依旧站立着,
半完工,一半的绘画。

但是谁已经完成了这个家。

但是谁已描绘了它。

有时候歌声会响起。

在其间,是沉默。

但是谁将这首歌唱到了最后。

路易斯·帕特吕,《风景》

行刑者

在什么洞什么洞穴在什么壁橱什么房间里

眼没有理由地半睁着

夜在梦与眠之间偷偷地步入

谁将这个映像悬挂在了洞穴的壁上

谁舔着睡眠的脸

舌头快速地突然地冰冷地

谁切碎了这眼睑

谁切开听力这样声音能够慢慢滴入

谁在这个地方以沉重的动物的呼吸在喘息

谁的偶蹄踩踏在沉默内部的最深处

啊我看见长长的走廊上一名跌跌撞撞的犯人

啊从他被击垮的步履中我看见了不幸

他用痛苦不堪的喉音唱那支安静的歌

但判决已经被公布行刑者已起身

他将这幅破碎颅骨的画像悬挂在墙上

但一枚冷太阳已经从他身体的中心发光

行刑者已经看见了潦草写在纸上的名字

他已经用油脂涂抹了绳索

啊我看见他在空洞洞的走廊里麻木地等候着

在一扇百叶窗前

符 咒

(1985,节选)

火

在一个繁星高垂的夜晚

在一片紧绷在山巅之上的沉默里

山巅因自身的孤寂而散发微光

一根原木在火中燃烧

它迅疾地变换着形状

噼啪作响地说着话

两边对话三边对话

火花喷洒在黑暗之上

当一个孤零零的嗓音

游向我在我身边发光

一个我感觉我的肋骨之下的嗓音

在燃烧

纽约

在这个被冬日之光反复冲洗的空洞的夜晚
在这片多风的两侧全是窗户窗户窗户的
　街道
在这种多刺的沉默里,人们穿过大气急速
　飞奔
在自己的方向上,目光向内,哑默地,皮肤
爬满鸡皮疙瘩

他穿过街道,在内部牢牢攥紧自己
从一道光的裂隙里他的肉体看见一个

苍白饥饿的影子握着它冰冷的手

一道爱他的咽喉的明亮刀锋

动物们

朝着发光的水面动物们来了
它们绷紧光滑的皮肤
身体因干渴而颤抖
一片模糊的白里安静的影子
月朝向水面坠落
深深深深的云从头顶掠过

从飘掠的云
动物们啜饮发光的水
残月发光的鼻孔吸入它们
无风的风没有呼吸的呼吸

并无气流的气流

现在是大地之上的夜晚

露珠从无数的眼里滴落

女孩与野兽

女孩进来的时候屋子变得明亮了

她脚步轻柔地踩在木地板上

她的手在水中

从她的皮肤上水苏醒过来

来自外部的光洒在她的腹部

来自外部的光离开了白玻璃便不再闪亮

它被吸收了而不是被反射了在白日的眼中它醉
　　了醉了

在女孩光滑的皮肤上

夜间年轻动物们好奇的吻突

紧紧贴在房屋的大门上

一颗强健的星闪亮，光线

犹如直线穿过山羊的眼

房间里渗透女孩披撒在白脖颈间的头发的气味

贴压在裂缝上的吻突嗅着

她腋窝散发的苦涩味道

穿过山羊眼的黑色直线如同被燃起的炭在闪烁

当它落到她大腿半透明的皮肤上

微光此起彼伏地烁灼

房屋之上夜晚在变长变长

静默漫漫滴入它自己的深处

多毛的野兽推门闯入女孩的屋中

它从床上滚过逼近女孩

这时有了两个嗓音一个面对另一个

吻突贴在裂缝上睡去

山羊的一只眼睑闭合

当野兽与女孩拥抱当女孩

张开双腿将野兽锁在腿间

夜从另一侧降临

夜不再变长沉默与众星同在

只有紧贴在裂缝上的吻突在睡梦中留下条痕

山羊眼中不祥的直线与星星交谈

野兽离去的脚步声穿过草地模糊地低语

屋子变得安静女孩柔和的睡眠从她

转向白昼一侧的身体发光

吻突在一个洞穴里消失而山羊朝它的臀部

弯下头现在已经仿佛在梦中有鸟儿在啁啾

现在夜的最后一滴从晨星滚落

从一棵夜树上

从一棵夜树上

一只不知名的鸟儿用不为人知的嗓音

歌唱着

它的歌唱半是甜蜜半是陌生

甜蜜是白的如同斑鸠

陌生得几乎完全生疏的音声

如同一种黑暗的华丽

当它歌唱时我想到两只鸟

飞升到同一首歌里

它们在一起

当双重歌唱成为一体它

从高处向高处坠落

摹写两种永生那敏捷的辗转回旋

一根羽毛自夜晚的天空落下

一根鸟羽嵌入两个世界之间的裂痕

一个女人在双重嗓音的拥抱中

呻吟：一个在歌唱

另一个在啜泣

夜树上有两张脸孔的鸟

一个嗓音分入二个

吟唱永生的嗓音

山的最后一侧

不是我爬过的那一座

巅峰之下我屏住呼吸

这样我的叹息不会惊扰

山的呼息

不

是另一座山

不是那座在梦中出现的

总是暗沉沉总是危险的

它的斜坡在我登高的脚步下滑落

我没有记忆地攀爬

没有噪音,我知道它的巅峰

我知道它不存在

它是另一个

仿佛它站立在我和夜晚之间

只是在夜晚,夜的重力的重量

我不了解的入口

此前它从未如此宽阔如此安静

两堵墙那冰冷的白敞开着

我知道它会等我

从梦中凿出的真

在最后一步之外

靠紧我纤薄的皮肤

在旋动的哑默的重力之下

山的另一张脸绽放花朵

绽出如同刀刃一般的花瓣

约翰·托马斯·伦德比,《开阔田野中的两头牛》

另一种光

另一种光落在岩石上

照亮其他的脸

一片快速离去的海水之下

悬崖变成另一种坚硬

它低语着说在海岸以下

在大气高空它容纳的是

另一种树另一种风

从山的背后到另一片海岸

而偶然的尖叫发自一个隐藏的世界

一个它从未去过的世界

而一个女人偶然的微笑

发自她的喃喃低语他的目光

从未碰触过的她的乳房

也许是另一阵风吹散了

那两座小丘的尘土

那无家可归的微笑的家

撒播到远远高过他的绿色的细语

而那个似乎从不可抗拒的高度呼唤他的嗓音

有可能是他自己的嗓音在尖叫

从另一个空间另一个时间从他自己

未知的身体

现在那只手在膝上一张纸上写下什么

那只膝,只是一个飞行的生物留下的印象

它飞入一阵已改变了形状的风

从远处的那里

到靠近她的微笑的面具的这里

卡斯帕·大卫·弗里德里希,《吕根岛上的白垩岩》

牧群

屋顶上的晨雾

在同一个时辰既高又低

在睡眠的背景中鸣响的铃铛

从井底传来的口鼻的嘶吼

现在朝向远方动身

它们褴褛的歌唱

渗入裂缝

如深埋在岩石之下的乐器

这一切当中,一只山羊梦着绵长,扭曲的梦

他有角的头部向后向上扬起

变换着形状

他在牧群惊醒它们的银铃铛之前迈步

他已经站立在长满绿越橘丛的斜坡

白山羊牧群

如同雪花一般白

鸟儿金属味儿的鸣唱向上飞跃成迅疾的曲折

然后在雾的漩涡里燃烧

水的声音被转化为一条

穗带闪烁微光的发辫

我这山

我是你就是我的你

小滴水中你的心脏纤小

我被砌入墙内

当你是我

当你的步子踏在我的土壤之上

身披青草你脚踏在

我峻峭的身体上

你紧握你的指关节

我易碎的骨头

我躺在太阳下

自洞穴里发光照耀你之上的天空的太阳

你走着因为你就是我

当我躺在一片巨大的沉默里

向世界的四面八方伸展着身体

除了我们一切已不复存在

我们给予形式我给予你你给予我

山中的山的秘密

我是山

你这山是我

你用我借来的眼看着我

静止的与走动的

联合在一次呼吸里

夜晚来临你睡在

我的身体里

我这山

我在薄暮的绿牛奶里洗濯自己

塞缪尔·科尔曼,《埃特雷塔的牛首》

向下,向下

(1998,节选)

这与那

两个一块儿走着

相互联结,不可分开。

这一个踉跄,

那一个支撑他。

这一个赌咒发誓,

那一个低语诗句,

朝向他自己的诗句的海。

这一个跌倒了,那一个站起来,

抬升另一个,宽慰他。

有时候,仅仅有时候他们是同一个,

然后他们闪耀光,然后他照彻他们。

但他们再次散开了。

这一个眼看着远方，

那一个数着他脑中的怪物。

这一个希望着脆弱的希望，

那一个因为恐惧而发抖。

他们在一个黑暗的湖里游泳。

他们有疣的树干波动

在他身体的暗夜里。

以什么样的嘴

以什么样的嘴我应该与你讲话

以什么样的头我应该看着你

到什么样的胸口我应该聚拢你

用什么样的刀我应该切割

你的身体

于哪一种空进入哪一种

皮肤我应该置放

你柔软的雕像

哪些字词我应该对你耳语

我置放于你的腹部的柔和的

意义究竟属于哪一种语言

在什么样的屋顶下我应该呼唤你
没有耳语
在这木质的嘴中
这舌头不是我的

金帽子

轻柔地碰触

我的嘴唇这样它们不会仍因

欲望而肿胀

(暖阳静谧,金帽子散发甜香,

种子苦甜的嗅味混合

一个年轻女子身体的香)

碰触我的乳头

用你的舌尖,

被你的嘴唇点燃,

乳头燃烧着,

活跃地,不耐烦地

(金帽子,喉咙的深度,

黯沉的欲望藏匿在

照片里,花香四溢的花冠垂下来)

只用你的指尖碰触

你在的地方我在的地方,

这样头颅能火红地燃烧

事物逐一搏动万物给予万物啜饮

现在我挤压你现在我压碎你

我啜饮你我啜饮

(金帽子已坠落

加冕的头颅,

种子的气味混合着芬芳的水滴,

是一个年轻女子

在孤寂的下午

甜蜜的气息)

格蕾丝·巴顿·艾伦,《红玫瑰》

着火的诗

火扫掠诗。

火添加标点。

眼眸焦黑的快速燃烧的火,

用燃焰的指头翻动页面。

谁会读这些用

活的余烬写就的诗句。

燃烧的词,剥落的音节,

变形的字母。

被着火的桩刺穿的头部,

闭着眼从下方写着诗,

头部给我们唱一首黑色的诗,

从它的喉咙狭缝无声地唱。

金色的诗燃烧,金发猛火燃烧。

光耀的城市上方光耀的诗燃烧。

烧焦的翅上,它们的喙上,传来

黑色的啭鸣。

玫瑰在花园的墙堵内燃烧,

酒馆在燃烧,尖塔碎片之上的尖顶,

教堂在燃烧。

一个问题在火中焖烧,

什么是诗。

时钟的脸在燃烧,

在同一瞬间燃焰。

过去,未来,

在当下的火焰中闪烁。

关于这个问题,什么是死亡,

血

从一个新生儿致命的伤口

滑落。

罗伯特·查尔斯·达德利,《篝火照亮牛臂湾》

向下,向下

当我想到那蚀刻于你的脚印的

希望

我跟从它们

突然沉入雾和泥泞

和冰凉的脚印的湿度

当我等候你而你来了

安静地坐在我身边

询问一切一切可好

有一刹那,你问着,在不小心的

一刹那它向下向下坠落

它消失了

我想着你是如何到来的你的腿

在隐着危险的道路上闪光

我是如何望着你的没有映像的摇曳光的眼睛

望着沉重的云坠落

穿过墙的锐利边缘

我听见松树的针叶刺穿

黑暗的风的腹部

乌鸦

清早

他贪婪地吞食星星眼的明亮。

夜的脸庞最脆弱的部分

在高耸的枕上冷却下来。

他落在夜的床上

啄,啄。

当他飞行,他飞越孤寂。

仿佛穿越一个洞穴再进入另一个。

洞穴总伴随他,永远在更新。

有时候他与另一个一同飞行,

但即便这样他的飞行也

投入孤寂的轨道。

她跟随他,

安静地保持着距离。

他们的羽毛并不碰触,

他们在他们自己盘旋的

空间里各自飞行。

他用另一种方式歌唱,

用三种不同的语言。

每一种只对他自己有意义,

只对他自己的耳,他自己的对话有意义。

他不嘲讽,钩子形状的鸟,

如果他嘲讽,他只嘲讽他自己,

他自己的嗓音,他曲折的呼唤中那缠结的
　言语。

当他低飞,

他的羽毛暗沉地闪烁微光。

一个神秘王国里黑色的反抗。

路易吉·迈耶,《托尔托萨岛风光》

沉默

当你赤裸地涉水

步入清晨大海的柔软玻璃

当云急风高

云之间是最高的深处

你给出你的许诺的那个地方

空中的那个王国

变化,成长,消失

那里一只鸟在振翅

在一座巍峨的山之下

那里一颗星闪烁,从不消失

那里蝙蝠的相互追逐令人瞠目

夜间你倾听

被压抑的呼吸,数着它们

你去到一片你从未到达的河谷

你数着一次又一次呼吸

你坠落

柔和得像一声叹息

图书在版编目(CIP)数据

无果的收获/(斯洛文)戴恩·扎伊兹著；梁俪真译.--上海：华东师范大学出版社，2025
ISBN 978-7-5760-4511-6

Ⅰ.I555.425

中国国家版本馆 CIP 数据核字第 2025YE1247 号

华东师范大学出版社六点分社

本书著作权、版式和装帧设计受世界版权公约和中华人民共和国著作权法保护

Barren Harvest
by Dane Zajc
Copyright © by Dane Zajc Estate
The translation was published with the support of Copyright agency of Slovenia.
Simplified Chinese translation copyright © 2025 by East China Normal University Press Ltd.
ALL RIGHTS RESERVED
上海市版权局著作权合同登记　　图字：09-2025-0015 号

无果的收获

著　者	[斯洛文尼亚]戴恩·扎伊兹
译　者	梁俪真
责任编辑	朱妙津　古冈
特约编辑	张家郡
责任校对	卢荻
封面设计	姚荣
出版发行	华东师范大学出版社
社　址	上海市中山北路 3663 号　邮编　200062
网　址	www.ecnupress.com.cn
电　话	021-60821666　行政传真　021-62572105
客服电话	021-62865537　门市(邮购)电话　021-62869887
地　址	上海市中山北路 3663 号华东师范大学校内先锋路口
网　店	http://hdsdcbs.tmall.com
印刷者	上海景条印刷有限公司
开　本	787×1092　1/32
插　页	1
印　张	5.75
版　次	2025 年 6 月第 1 版
印　次	2025 年 6 月第 1 次
书　号	ISBN 978-7-5760-4511-6
定　价	58.00 元
出 版 人	王焰

(如发现本版图书有印订质量问题,请寄回本社客服中心调换或者电话 021-62865537 联系)